© 2017 V.C.Schmitt

Umschlag, Illustration: Daniela Veit
Lektorat, Korrektorat: M. Schmitt

Verlag: tredition GmbH, Hamburg

ISBN

Paperback ISBN 978-3-7345-4374-6
Hardcover ISBN 978-3-7345-4375-3
e-Book ISBN 978-3-7345-4376-0

Printed in Germany

Das Werk, einschließlich seiner Teile, ist urheberrechtlich geschützt. Jede Verwertung ist ohne Zustimmung des Verlages und des Autors unzulässig. Dies gilt insbesondere für die elektronische oder sonstige Vervielfältigung, Übersetzung, Verbreitung und öffentliche Zugänglichmachung.

V.C. Schmitt

# Lucias Abenteuer

Der unbekannte Sohn

# Der Unbekannte Sohn

Lucia, ein verspielter Terrier mit süßen grünen Augen und braunem Fell lebte seit seiner Geburt bei einer alten Dame mit großem Herz für Tiere.

Außer ihr lebten auch ein Pferd namens Baby, eine Katze namens Lucky und mehrere Vögel, Timy, Paul, Caty und Lisa bei der großzügigen Dame.

Alle liebten die nette Frau, da sie sich rührend um sie kümmerte.

Ihre Tage waren immer ausgefüllt mit Abenteuern, Spaß und einer Menge Schlaf.

Besonders Lucia schlief die meiste Zeit, aber wurde sie mal wach, so hatten alle Tiere immer etwas Spannendes vor.

Lucia und Baby, mit jeweils sechs Monaten, waren die Jüngsten der Tierfamilie und auch die Mutigsten. Häufig waren beide viel unterwegs und erkundeten die große Welt.

Alles war ruhig und friedlich, jedoch häuften sich seltsame Ereignisse.

Paul hatte sehr häufig beobachtet wie fremde Männer die Dame besuchten.

Er hatte Angst. Sie ähnelten den düsteren Gestalten, die er so häufig im Fernseher sah.

Die beiden Männer hatten dunkle Augen und eine faltige Stirn und schauten grimmig. Außerdem hatten sie genauso schwarze Anzüge an wie die Bösewichte in den Filmen.

Paul bemerke, dass die alte Frau jedes Mal, nachdem sie von ihnen besucht wurde, sehr traurig war und den ganzen Tag keinen Menschen mehr sehen wollte.

Nach einiger Zeit erzählte er es seinen Freunden. Alle machten sich große Sorgen darüber. Sie beschlossen, alles dafür zu tun, um herauszufinden, was die Männer von Ihrer lieben Besitzerin wollten, um ihr zu helfen.

Sie beauftragten Lucky damit, die alte Dame zu beobachten. Die Vögel sollten bei der Gelegenheit ihre Unterlagen durchsuchen und Lucia hatte die wichtigste Aufgabe bekommen, die beiden Männer zu verfolgen. Nachdem sie das entschieden hatten, legten sie sich auf die Lauer und warteten darauf, ihren Plan umsetzen zu können. Baby war zu groß und zu auffällig, um dabei zu helfen, deswegen sollte er auf das Haus aufpassen.

Zwei Tage später war es soweit.

Die Männer waren wieder aufgetaucht. Lucky hatte sich ins Wohnzimmer geschlichen und versuchte alles mitzuhören.

„Liebe Frau Brunner, leider müssen wir Ihnen mitteilen, dass alle unsere Bemühungen bezüglich Ihres Anliegens gescheitert sind."

„Was soll ich jetzt nur machen?" - sagte sie traurig. „Solange lebe ich nun auch nicht mehr. Ich bin mittlerweile alt geworden und bereue, mit meinem ganzen Herzen, was ich damals getan habe!"

„Wir wissen, wie schwer das für Sie ist. Wir werden es weiter versuchen."

„Danke!", sagte die alte Dame weinend.

Lucky wurde einfach nicht schlauer aus dem, was er hörte. „Was könnte so schlimm sein, dass es die nette Dame zum Weinen bringt?", dachte er sich.

In der Zwischenzeit waren die Männer aufgestanden und verabschiedeten sich.

Lucky lief zu Lucia um ihr das Gehörte zu erzählen. Auch sie konnte nichts damit anfangen.

Plötzlich sahen die beiden, wie die Männer aus dem Haus kamen und ins Auto stiegen.

Lucia machte sich bereit, um sie zu verfolgen.

„Ich darf sie nicht aus den Augen verlieren.", dachte sie sich, bevor sie den beiden Männern hinterher lief.

Währenddessen waren die Vögel aktiv.

Alles was in Frau Brunners Zimmer war, wurde von den fleißigen Vögeln durchsucht.

Sie waren kurz davor aufzugeben, als Caty laut schrie: „Leute, ich glaube ich habe was gefunden! Da steht PERSÖNLICH drauf."

Es war ein brauner, großer Umschlag, der auf dem Schreibtisch lag.

„Wir müssen ihn aufmachen!", schrie Tim aufgeregt.

„Wir sind doch keine Menschen. Wie sollen wir das ohne Hände machen?", fragte Lisa.

„BABY!" sagten alle gleichzeitig.

Mit Hilfe ihrer Schnäbel flogen sie den Brief zu dem Pferd, das aufmerksam, fast schon penibel, das Haus beobachtete.

„Was ist das?", fragte Baby erstaunt. „Du musst uns helfen den Brief aufzumachen!" sagten die Vögel schwer atmend.

Nach vielen Überlegungen, wie diese Aufgabe an besten bewältigt werden sollte, nahm Baby den Briefumschlag und sagte: „Nutzt eure Schnäbel, um den Brief aus dem Umschlag zu bekommen!" . „Gute Idee! Wieso sind wir nicht darauf gekommen?", fragten sich die Vögel.

Nach mehreren Versuchen hatten sie es endlich geschafft und holten den Brief raus.

Ein paar Wörter waren nicht leserlich, es sah so aus, als ob eine Flüssigkeit auf das Papier gefallen wäre und man versucht hätte, diese zu trocken.

Sie versuchten, den Inhalt zu lesen.

„Ich glaube es nicht!", sagte Caty. „Wie sollen wir so erfahren worum es geht? Wo ist Lucia? Sie weiß immer eine Lösung!".

„Sie verfolgt wahrscheinlich immer noch die beiden Männer, die übrigens unserer Herrin nur helfen wollen! Ich weiß aber nicht wieso!", erklärte die Katze Lucky, die in der Zwischenzeit dazugestoßen war.

Nachdem sie alle Informationen ausgetauscht hatten, hatten sie entschieden, die alte Frau mit ihrer Nähe zu trösten, solange sie auf Lucia warteten.

Während Lucia die Männer verfolgte, vergaß sie alles um sich herum. Sie versuchte deren Geruch nicht zu verlieren, denn mit der Geschwindigkeit des Autos konnte sie nicht mithalten. Der Terrier war schon über viele Straßen, durch Wälder und über Berge gelaufen, immer hinter den beiden Männer her. Sie sah sich dabei mit immer neue Gerüche konfrontiert, mal die Wurst beim Metzger, mal die Fichte im Wald.

Die dauerhafte Konzentration machte sie müde und Durst hatte sie auch. Sie wollte aber auf keinen Fall aufgeben.

Nach einer langwierigen Verfolgung fand sie eine Wasserlache am Boden. Sie nutze die Gelegenheit, um hastig zu trinken. „Schnell, schnell. Ich darf den Geruch nicht verlieren!", sagte sie.

Als sie mit dem Trinken fertig war, schaute sie hoch und sah das geparkte Auto vor einem modernen Hochhaus.

Lucia beobachtet die beiden Männer, als sie in das Haus hinein gingen. Sie lief ihnen nach und sah, wie sie bei einem gewissen Johannes Brunner klopften.

„Komisch", dachte sich Lucia, „er hat denselben Nachnamen wie meine Herrin."

Nach einer Stunde kamen sie wieder heraus. „Mist, er ist es auch nicht! Wenn es so weiter geht, finden wir Frau Brunners Sohn niemals.", sagte einer der Männer enttäuscht.

Den Rest konnte Lucia nicht mehr hören, weil sie total in Gedanken versunken war: „Sie hat einen Sohn...und sie weiß nicht wo er ist...jetzt verstehe ich, warum sie in letzter Zeit immer so traurig war!...Ich muss zurück...wir müssen Johannes finden!...Wo ist er nur?"

Genauso schnell, wie sie die beiden zuvor verfolgte, war sie nach Hause gelaufen über Berge und Wälder und viele viele Straßen. Vier Stunden später war sie endlich dort.

„Leute, Lucia ist wieder da!", sagte Timy, als er sie sah. Weißt du was Neues?"

„Ja...unsere Herrin hat einen Sohn...Wir müssen ihn finden.", sagte Lucia außer Atem.

„Was? Was sollen wir denn jetzt machen?", fragte Caty aufgelöst.

„Wir gehen zum Nachbarn, um in seinem Computer nach Informationen über Johannes zu suchen.", schlug Lucia vor.

„GUTE IDEE!", riefen alle.

Wieder waren die Vögel gefragt. Sie sprangen von Buchstaben zu Buchstaben, bis sie den Namen über die Tastatur eingegeben hatten.

Sie fanden unter seinem Namen sehr viele Einträge, die sie mit Hilfe der ihnen bekannten Informationen bis auf letztlich drei Männer eingeschränkt hatten.

„Wie kommen wir in die Schweiz? Es ist doch zu weit weg!", verzweifelte der kleine Vogel Paul.

„Wir müssen es aber versuchen!!!", sagte Lucia aufgeregt.

Und so machten sie sich auf den langen Weg in die Schweiz. Am Bahnhof angelangt, versuchten sie sich in den Gepäckwagen des Zuges nach Karlsruhe zu schleichen. Als der Zug los fuhr, waren schon fast alle drinnen, nur Lucky, die Katze, hing mit den Hinterpfoten noch raus.

Einer der Vögel schaute in Richtung Fahrt raus und sah, wie in nicht zu großem Abstand ein Hindernis im Weg stand, welches keinen Platz für die Katze übrig lassen würde.

Aufgeregt warnte sie ihre Freunde. Baby und Lucia versuchten die Katze verzweifelt hoch zu ziehen, doch eine der Pfoten rutschte runter. Im letzten Moment schafften sie mit Hilfe der Vögel, Lucky in den Gepäckwagen zu ziehen. Schwer atmend saßen alle da und schauten sich an, froh dass alles gut ging. Als Lucky sich von dem Schock erholte hatte, bedankte sie sich bei ihren Freunden.

In Karlsruhe nahmen sie auf die selbe Art und Weise den Zug in die Schweiz, nur eben gemütlicher.

Nach einer siebenstündigen, zermürbenden Fahrt, mit der ständigen Angst, entdeckt zu werden, waren sie endlich angekommen.

Die Tiere liefen stundenlang hin und her bis sie den ersten Johannes Brunner der Liste fanden.

Da sie nicht mit Menschen kommunizieren konnten, durchsuchten sie sein Haus nach Dokumenten, die seine Herkunft klarstellen konnten. Sie kamen durch ein offenes Fenster hinein, nur Baby musste draußen warten, da er zu groß war.

Am Ende mussten sie aber feststellen, dass er nicht der Richtige war.

Genauso gingen sie beim Zweiten vor. Dann nach einer kühlen Nacht im Freien, kamen sie beim dritten Mann an.

„Er muss es doch sein!" - behauptete Timy „Wir können keinen Fehler gemacht haben!"

In dem Schlafzimmer vom dritten Johannes fanden sie ein Dokument das bezeugte, er wäre adoptiert.

„Er ist es!", schrie Lisa, glücklich „Aber..., wie sagen wir ihm das? Er versteht uns doch nicht!"

„Sucht nach einem Computer. Wir schreiben es ihm, wenn wir schon nicht mit ihm sprechen können.", schlug Baby vom Fenster aus vor.

Sie schrieben:

*Sehr geehrter Herr Brunner,*

*wenn Sie Ihre leibliche Mutter kennenlernen möchten, kommen Sie bitte nach Deutschland und suchen sie nach Frau Annemarie Brunner, 76 Jahre alt.*

*Von einem Freund*

39

Sie fuhren zurück nach Hause und warteten auf das fast Unmögliche, auf das Erscheinen von Annemaries Sohn.

Ein Tag nach dem anderen verging, ohne dass etwas passierte.

Die alte Dame war traurig und vergaß häufig viel, denn sie konnte nur noch an ihren Sohn denken.

Den Tieren machte es keinen Spaß mehr zu spielen und somit verbrachten sie den ganzen Tag regungslos im Wohnzimmer und starrten sich an.

Die frühere Unbeschwertheit war verschwunden und alle fragten sich, wie sie die alte Dame glücklicher machen könnten.

Eines Tages in der Früh fing Lucia an zu bellen.

Alle Tiere kamen heraus um nachzusehen was denn los sei.

Ein schwarzer Kombi mit Schweizer Kennzeichen hielt in dem Anwesen der früher so glücklichen Dame an.

Alle warteten gespannt darauf, wer wohl aus dem Auto aussteigen würde.

Ein Mann, um die 40 Jahre alt, blond und dünn, stieg aus dem Auto aus. Er sah sich das Haus und die Umgebung an, so, als ob er seinen Mut zusammennehmen wollte.

Nach einiger Zeit bewegte er sich in Richtung Haus und zögerte ein wenig, bevor er klingelte.

Als die Tür aufging, fragte er:

„Sind Sie Annemarie Brunner?". Nach der positiven Antwort sprach er weiter.

„Mein Name ist Johannes Brunner...ich bin Ihr Sohn!"

Sie fielen sich in die Arme, glücklich, sich endlich gefunden zu haben. Die Tränen flossen beiden aus den Augen und nach einer Weile schauten sie sich lächelnd an und gingen ins Haus.

Sie hatten sich viel zu erzählen.

45

Das Haus schien wieder mit dem Licht der Sonne beleuchtet zu werden, als beide lachend aus dem Domizil zurückkamen.

Die alte Dame war wieder so, wie die Tiere sie zuvor kannten.

„Ich bin glücklich, dass alles endlich so werden kann wie früher!", sagte Lucia.

Die tapfere Hündin und ihre Freunde hatten es wie so häufig zuvor geschafft, ein Rätsel zu lösen, das unlösbar schien.

Schon am nächsten Tag spielten sie wieder unbekümmert herum und gingen ihren Hobbys nach.

47

Die alte Dame lebte noch sehr lange und konnte die Gesellschaft ihres Sohnes genießen.

Lucia, Baby und all die Anderen wurden später von Johannes übernommen, der sie genauso lieb und freundlich behandelte, wie es die alte Dame gemacht hatte.

Viele Abenteuer folgten. Das aber sind andere Geschichten.

**ENDE**